상실

상실

최민 시집

문학동네

마음 착한 김정환형의 도움으로 죽어 없어졌던 시집이 다시 살아나 빛을 보게 되었다. 오랫동안 어두운 데 있다가 갑자기 환한 데로 나와 눈부신 것 같은 느낌. 지난해 삼십 년 만에 두번째 시집을 내면서 쑥스럽고 겸연쩍었던 느낌에 더해 이번에는 감추고 있었던 초라한 모습을 적나라하게 들켜버린 듯한 생각마저 든다.

그러나 애써 외면하고 있었던 자신의 어린 모습을 낡은 거울 속에서 우연히 마주치는 것 같은 반가움과 낯설음도 있다. 때문에 조금 뻔뻔해져도 괜찮지 않은가 하고 자신을 용서하기로 한다. 그래도 여전히 자신의 치기가 부끄럽다.

낡은 시집을 조금이나마 단장해주기 위해 과분한 글을 써준 김정환형, 인기도 없는 시집을 기꺼이 복간해준 강태형형의 따듯한 정성과 우정에 깊이 감사드린다. 또한 초판에 실렸던 발문을 다시 게재할 수 있도록 허락해주신 유종호 선생님께 다시 감사드린다. 삼십여 년 전 잘 알지도 못하는 햇내기의 시를 자상하게 평해주셨을 때 느꼈던 고마움과 감격을 지금도 잊지 않고 있다.

2006년 12월

최민

차례

序詩 11
나의 彫刻 12
나는 모른다 14
비의 房 17
광대 20
저녁식사중의 확인 22
立身 25
拜火 28
求愛 30
환멸 32
成年의 봄 35
埋立 38
출발 40
바람 42
첫 수업 44
불꽃 46
浮浪 48
포옹 50
署名 52
煉獄 1970 54
빛의 海岸 60
물방울 62
喪失 63
밤의 서울 66

초조 68
여행 70
아우슈비츠 72
추수 74
회복 76
잔인한 꿈 78
벽 79
깊은 꿈 80
끝장 81
노예 82
벽 86
녹슨 門 88
蘇生 90
別賦 91
새벽 92
驛前 94
친구에게 96
떠나는 이에게 97
예감 98
영등포 길 100
다리 102
소문 104
사월 십구일 106
노래 108

여름 109
외침 110
마을 112

초판 해설 | 유종호 최민의 시세계 — 출발과 동행 115

개정판 해설 | 김정환
열린 절망의 고전주의와 닫힌 희망의 낭만주의
— 최민 시집 『상실』 복간에 부쳐 129

序詩

그대 눈 속 깊이 타는 불
아주 조그만 꽃이파리 하나
뒤틀리며 불꽃이 되는 아픔 같은
숨어버린 넋의 안쓰러움
스스로를 사랑하기에는 거칠고
그대 껴안아 바라보기는 외로워라

나의 彫刻

나는 한 토막의 마른 나무를
깎아낸다 깎고 싶어서 그냥 깎는다
그러다가
겨울의 흰 들판 위에
꿋꿋이 서 있는
커다란 나무들을 생각한다
하늘로 퍼진 가지들을 생각한다
구태여 내 존재라는 것도
한참 생각한다
흐린 땅 위의 나무 그림자
나는 없다
갑자기
동상에 걸린 발구락들이
내 보이지 않는 존재를
가렵게
끌어당긴다 나는
나의 무게를 갖는다

발구락 새를 비비면서

내 소유를 확인하고

비로소 내가 아닌 나를 깎기 시작한다

옹이처럼

끈적끈적한 상처들이 드러난다

그것들을 나는

시간이라고 부른다

그리고

끙끙 앓으며

나 혼자만의

기묘한 꿈 나무뿌리들이 뒤엉켜

피흘리며 싸우는 허공을

발견한다

나는 모른다

길바닥에 주저앉아 우는 아이는
어디서 그 울음을 보상받을까
나는 모른다
내 귀청에는 울리지 않는 시끄런 고함들이
공기를 가득 채우고 있는 것도 나는
모른다

간혹 먼 데서
비린내나는 개울음 소리가 들려온다
그때
무언가 잡아 비틀고 싶어
스스로의 힘에
내 팔뚝이 경련해도 나는 그 이유를
알지 못한다

내 온몸에선 썩은 피냄새가 난다
나는 맡지 못한다

여러 갈래의 내 시선은
움직이는 모든 걸 좇아 뿔뿔이
달아난다
나는 모른다

내 고아의 아들들은 한길 가운데
젖은 사금파리처럼 으깨져버리고
내 평화의 지붕엔 희끗희끗
별이 엿보인다 언제나
나는 모른다 비열하게도
나는 모른다

나는 다 알고 있다
다 알고 있다
어떻게 흙이 패어들어가고
바람이 왜 더러워지는가도 알고 있다
나 자신의 것 이외엔 모두

알고 있다

내 처녀의 딸들은 골목 어귀에서
비의 그림자를 만나 깔깔 웃는다
습기찬 벽 아래 내 두 눈알은
이 빠진 술잔 속에
빠져 부서진다

잔치의 높은 언덕에선 여전히
늙지도 죽지도 않는 개들이 짖는다
나는 모른다 정말 모른다
내 무지 속에 섞여 있는
순진함조차 나는 모른다

비의 房

두 개의 녹슨 窓 가운데 그는 서 있다
앞뒤 두 개의 하늘은 제각기
다른 모양으로 공기를 잘라낸다 그는
아무 쪽에도 속해 있지 않다
양쪽으로 비가 내리기 때문이다

사각형의 회색 하늘 아래
회색 기와지붕과 회색
붉은 벽돌담 아래
불에 그슬린 철문 아래 회색
초록 회양목 아래
빗물은 홈통을 타고 아래로
흘러
떨어진다

지금 담배를 태우는
검푸른 입술의

그는 춥다

네모진 구멍으로 많은
지붕들이 들어온다 많은
굴뚝들이 연기를 토해낸다 그리고 많은
마루들과 미닫이들 유치장의
철창들이 열리고 닫힌다

달력이 한 장 찢어진다
시간들이 한꺼번에 몰켜
지나간다

하늘들이
은빛으로 신음하며
비가 그친다
홈통 끝마다 물방울들이 매달린다
잠깐 그는 외출하려고 서성댄다 그는

두 개의 하늘 가운데 끼워져 있다

광대

그 메마른 입술은 누구라도
칭찬하고 싶어 실룩거린다
절뚝거리던 다리는 기쁨에 놀라
기묘한 인형처럼 멈칫한다
그의 마음은 영화처럼 펼쳐진다
주인을 보았기 때문이다

배고픈 개들이 짖는다
단 하나의 뼈다귀를 냄새 맡고
불을 두려워하듯 두려워하며
뜨거운 혓바닥을 슬쩍 내어민다
그림자의 무덤들 사이 사락사락
기름진 꽃들이 자라난다

포식하여 그는 마침내
눈부신 빛 속으로
찬사의 여울을 거슬러올라간다

부두가 나온다 많은
하늘들이 열려져 있다
허나 그의 눈은 멀어 있다

저녁식사중의 확인

반대한다
내 두개골이 내 얼굴을 밀어내듯
거울 속에서 나는
반대한다

지금 살아
움실거리는 구데기들을 반대한다
황금의 죽통에 대가리들을
처박고 자기 새끼를 근심하듯
역사를 근심하는 돼지들을
반대한다

깨끗한 속옷들이 깔끔한
살을 꺼려하고
담벼락이 담벼락에
붙어오르는 담장이를 미워하듯
빛은 빛을 거역하고 나는

나를 거역한다

초대받아
나는 떠난다
無의 에테르 같은 否定의 여행을

떠난다

커다란 새벽의 방 바다의 창문
피묻은 족보 거울 의자 들을
한꺼번에 싸서 입고
하나하나 단추를 채운다
이 모든 것을 잊기 위해
화려한 넥타이로 목을 졸라맨다

습격한다
존재하는 모든 어둠 속의

이빨들을 습격한다
온갖 무지 속의 박수소리를
습격한다
나는

갑자기
유리창을 깨고 들어온 다섯 개의
힘센 손구락에
멱을 잡힌다

立身

약관 스물다섯에 나는 쩔쩔맨다
활주로같이 내 앞에 트인 이 길은
말라 있거나 젖어 있거나
죽음 저편에 닿아 있음이 분명하지만
내 벌건 두 발목은 지금
철책 밖으로 삐져나와 흔들거린다

땅 밑에서부터 바람이 분다
얄따란 내 바짓가랭이 속까지 스며들어
사타구니에서 창자를 타고
허파 속에서 맴돌다 굳어버린다
음양의 이치도 알지 못하면서
허무의 그림자를 말타고 있는 나

스물다섯 지나선 무얼 할 건가
보이지 않는 얼굴들이 나를 사로잡고
허기에 진 눈동자들이 나를 옭아맨다

때로는 요령 좋은 글귀나 써서
죽은 놈의 이름이나 팔아먹고
때로는 권세 좋은 친구나 사귀어
취하지 않는 술이나 얻어먹겠지만

쥐새끼들이 대낮에 쥐새끼들을 공격하고
문제점이 大路에서 문제점을 가로지른다
신문지가 두 귀를 틀어막고
테레비가 두 눈을 가로막고
문화영화가 무딘 사상을 짓누른다
밀정들이 득실거리는 거리에
플래카드가 세월에 가담하고
변소깐을 뒤엎고 삘딩들이
거짓말처럼 기운차게 솟아오른다

출세가두에 서서 발돋움하고
금빛 가파른 언덕을 겨눠보며

숨쉬고 있다 허나
숨구멍들이 숨쉬는 나를
허덕이게 한다
우러라 우러라 새여
내 진창의 하늘이 빛난다

拜火

불을 바라봄으로 나는
축축한 나뭇등걸이 되었고
불꽃들의 부름에 끌려 큰 가지들이
흔들리기 시작했다 흔들리며
살아 떨고 있는 짐승이 되었고
불을 그리워하며 두려워했다

커다란 누이가 다가왔다 다가
와선 춤추는 허리를 놀려 내 몸을
타고 도망갔다 그때 나는
텅 비인 겨울 마당 너머 해와
달의 숨바꼭질을 보며
졸고 있는 조그만 나무

갑자기 이승의 대문이 떠밀려지고
바다가 엿보였다

스스로의 낯설음에 놀라
내 안의 침묵은 불꽃도 없이
흰 연기를 뿜어냈다 나는
시간의 궤도 밖으로 굴러나갔다
내 기억은 그래서
시간보다 더 빨리 생겨나고
내 혀는 여러 족속들의
알 수 없는 呪文들을 외우며

나는 밤이었으므로 내
그림자는 나를 찾지 못하고
태어나지 않았으므로
잠들지 않으리라 그러나
불을 바라봄으로
불꽃들의 부름에 살아 살아나

求愛

네 엉덩이는 두 개의 공처럼 팽팽하고
네 허리는 매끄러운 갈색 안장이다
야생의 네 눈빛을 받아
내 눈시울이 둥그렇게 펴진다
그래서 나는 네가 좋아진다
그래서 네가 좋다고 고백한다

탐욕의 네 입술은 살짝 벌려진다
네 얼굴은 벌레먹은 사과처럼
흰 이들을 내보인다 네 두 다리는
여러 빛깔들의 무게를 받치느라 꿋꿋하다

서투르게 나는 다른 이야기들을 끄집어낸다
반란과 피난의 하늘에 대해
보이지 않는 벽의 두께에 관해 지껄인다
가끔 우리 둘의 가난한 지붕을 걱정하기도 한다

너는 그렇다고 한다
너는 아니라고 한다
너는 나를 싫어하기 시작한다

마침내 나는 초라한 혁명을 결심한다
크고 작은 여러 개의 부드러운 공과
밤과 밤의 틈바구니를 쏘아 맞추기 위해
지금 너는 곤히 잠들어 있다
내 흔들리는 꿈은 네 잠 속에 겹쳐 들어가
네 입술 위 반짝이는 물기를 훔쳐낸다

환멸

이제 기진한 네 몸을 뉘어
무너져내릴 듯한 벽 아래 쉬게 해라
네 눈알은 텅 비어
아무 소리도 지르지 않는다
수천 개의 鍾들은 모두
네 혓바닥처럼 죽어 있다

허나 끈끈한 네 숨길이 아직 살아
자꾸 지껄이고 싶어하면
팔랑거리는 작은 불꽃들은
밤의 시체 밑으로 숨겨놓고
침묵의 긴 참호 속에 기대앉혀
혼자 부질없는 이야기래도 시키렴

어느 날 어느 땐가
너를 깜짝 놀라게 했던
일그러진 가혹한 웃음이라든가

죽은 새의 부리 속의 구데기들 혹은
인파 사이 흔들리는 空地에서
덧없었던 우리들의 만남에 대해서

갑자기 네 둥그레진 눈 속으로
흰 재(灰)의 문이 열린다

이내 떨리면서 닫히는 그 동굴 안으로
수줍은 짐승들이 달아난다
가라 네 이름을 말하지 말고
가라 네 그림자는 버려두고

습한 웅덩이들은 모두 불타오르고
잔인한 가지들은 아직 자란다
毒酒는 毒酒대로 익어가고
샘물은 샘물대로 솟아나온다
이제 기진한 네 몸을 잠깐

무너져내릴 듯한 벽 아래 쉬게 해라

成年의 봄

나는 듣고 있다 네 배 위에 한쪽 귀를 대고
자궁 속에서 들끓는 욕망의 소음들을
자라나는 넝쿨들의 요란스러움을 엿듣는다
그러다가 스물여섯의 나를 돌아본다

잠자는 네 얼굴에서 죽음을 들춰낼 만치
어느새 나는 다 커버렸다 들뜬
계절의 소용돌이 속에 남몰래 고향을
뒷간에다 버리고 침을 뱉었다

공기가 없는 데서 담배를 피워대는 입술
더러운 심장을 걸레로 닦아내는 손구락들
이 지옥에서 잘도 자랐구나 내 생명은
지금 살아 뛰어다니고 있는 건가

저주에 젖어 굵어진 어린 갈비뼈들
부드러운 혀마저 毒水에 닿아 단련되었다

웅덩이 속 웅웅대는 소리에 사나워진 두 귀
겨드랑이에서 소곤거리는
네 목소리를 듣지 못하고

이제는 무덤에 가도 수많은 넋의
울음소리가 보이지 않는다 보이지 않아
狂氣의 밑바닥 바작바작 타들어가는 모래
아직 困惑의 문지방을 태워버리지 못하고

봄이 오고 겨울 가을이 사라지고
두엄 속에서 새하얀 싹들이 칼날을 갈고
녹아 부서져 온 강물을 뒤덮고 떠내려가는
얼음조각들 얼음조각 위의 자유여

타오르는 불이여 그것은 순수히
펄럭이는 불길이 아니다 잔가지들
이파리들 구데기들 희미한 비명들이 뒤섞여

크게 타오른다

埋立

지금 덜걱거리며 달려나가고 있는 감옥의 창 밖을 통해 구름과 뒤섞여 커다란 소용돌이를 이루며 먼 데서부터 다가오고 있는 낮은 언덕들의 느릿느릿한 이동을 나는 배운다 뻘건 흙 가운데 바람에 쫓기는 보리밭들이 새파랗다

벌써 여러 번 나는 빈 창고들 화차들 고철더미 사이를 겁먹은 듯 뚫고 지나왔다 곳곳에 얼마나 많은 녹슨 쇳조각들 쓰레기들이 살아 있어 무덤들처럼 알 수 없는 비명들을 지르고 있었던가 소리치는 다리 위를 지난다 신기루처럼 젖어 있는 들이 나온다 반짝이는 트럭 주위에서 사람들이 움직인다 시꺼먼 웅덩이 속에 부지런히 흙을 메워넣고 있다

얼마 후 성냥곽 같은 집들이 여기저기 들어서리라 지금 달리고 있으므로 그들 이마 위 부서져내리는 땀방울들을 나는 볼 수 없다 분명하게 생각할 수조차 없다 그들을 보고 웃으면 그들은 얼마나 나를 경멸할 건가 터널로 치달리고 있는 내 욕망으로부터 그들의 어두운 모습은 점점 빠르게 뒤떨어져나가고 있기 때문이다 어쩌면 꿈꾸다가 이야기를 들으리라 쉴새 없는 긴장이 두터운 암반을 뚫고 나와 밝게 빛나는 꿈을 허나

이미 흙빛 망막 속에 새카만 점들로 작아져버리는 그들을 계속 바라보는 것은 피곤한 일이다

또다시 내가 그들 앞에 지나가더라도 그들은 변함없는 무표정으로 힐끗 돌아볼 게지만 그들이 보는 것은 내 어린애 같은 부끄러움이 아니라 이 도망치고 있는 유리창들마다 삐죽삐죽 나와 있는 핼쓱한 얼굴들의 幻影일 뿐 지금은 벌써 멀리멀리 밀려나가 배경 속에 파묻혔다가 다시 나를 뒤쫓아오는 부스럼투성이 들판만이 있을 뿐 빈 창고들 화차들 고철더미 쓰레기 웅뎅이 들과 함께 그들도 보이지 않는다

출발

지금 떠날 건가 내게로 향해 나는 물어본다
그을은 문설주들이 내 덜미를 쏘아보고 있다
이제 남은 불씨들을 모두 쏟아버리리라
저 건너 굶는 마을들을 마저 불태우려면

방금 내가 걸어나온 골짜기에선
바람조차 소리조차 새어나오지 않는다
다만 높다란 나무 꼭대기 새치처럼 죽은 가지들이
꺾여 푸른 웅덩이 주위에 흩어졌을 뿐

그 엄청난 생장의 질서에 놀라 나는
울긋불긋 미련의 잎사귀들만 남겨놓았다
이제 떠날 건가 발끝에 차이는 돌멩이를 보고
물어본다 피묻은 내 그림자가
짓누르고 있어 그 돌은 대답할 수 없다

단호한 햇살이 내 등을 떠다민다

깊은 골짜기는 두 번 다시 나를 부르지 않으리라
뒤를 돌아다볼 수조차 없다 벌써
내 두 발은 말라버린 바다 위에 헐벗고 있고
하늘은 구름 조각 배 하나 보여주지 않는다

바람

매일매일 내가 조금씩 죽어가고 있다는 것을
나는 안다 귓바퀴 속에서
아득한 총소리들이 울려오고
나는 초조하게 조그만 흰 얼굴을 찾아 헤맨다
허나 산등성이에 게딱지처럼 엎드린
하꼬방 지붕들 그 틈바구니의 골목장에서
커다란 빌딩의 뒷길에까지 먼지 속의 분수가
육교 위에까지 의심쩍게 입을 다문
가면들하고나 부딪칠 뿐 그네들의 구린내나는
입김이나 마셔야 하는 것이다 보이지 않는다
떠나기 위해 여행을 하고 잊어버리려고 연애를
하지만 내 목마름의 창문이 항상 불타고 있다
내가 스쳐지나가는 이 번영의 도시 허나 내
눈앞에는 타다 남은 기둥들 타다 남은 간판들
빈 쓰레기통들만 남고 결국 나는 내 남루한
행장을 말라버린 개천 자리 부서진 다리 아래
풀어놓는다 흩어져 있는 돌들이 모두 나를

쳐다보고 있다 그들은 어디선가 빨리
미친개가 달려와 내 넓적다리를 물어뜯기를
기다리고 있는 것이다 그때까지는 움직이지
않으리라 도시의 통금시간이 가까워지고
시꺼먼 자동차들이 소음을 으깨면서 달려가면
나도 덩달아 몸을 일으켜 이빨을 드러내고
신음하리라 저 거리의 발걸음 소리 흩날리는
신문지 조각들 미끄러운 지하도의 계단 어둠
속에서 잉잉대는 전깃줄들 번쩍이는 유리창들
내 값싼 죽음을 기다리는 이 모든 것들을
저주하며 그러나 나는 피를 흘리며 죽지는
않으리라 다만 쓸쓸한 벌판 위 앙상한
나뭇가지에 허리가 걸려 조용히 머무를 뿐
그곳에는 하루살이떼조차 모여들지 않는다

첫 수업

일곱 살 때 나는
가마니 속의 죽음을 보았다 지푸라기에
스며 있는 피 머리끝에서
잉잉대는 증오의 노래를 들었다

한겨울 피난학교 천막교실
줄지어 김 나는 우유죽을 기다릴 때
하늘 꼭대기에서
흰 새떼들처럼
삐라들이 떨어져내렸다

몹시 배가 고팠지만
굶어 죽는 짐승은 꿈속에서도 만나보지 못했다
사변 전 나는
사과상자 속에 숨은 왕자였고
열다섯 살 먹은 식모애가 내 아내였다
그러다가 죽음이 파편조각이 되어

손바닥 위에 놓여 있는 걸 보았다

섬의 추수가 끝났어도
소풍갈 데가 없었다 누우런 들판 사방에
허리 굽혀 이삭 줍는 그림자들이 깔려 있었다
새벽마다 또 애기를 밴 어머니는 동생을 업은 채
예배당에서 숨이 차서 돌아오고
나는 아버지의 얼굴을 쳐다보지 않았다

개펄을 바라보았다
겨울 거제도의 거무튀튀한 개펄
귀신같이 바람 부는 저녁바다
나는 혼자였다

불꽃

단 하나의 불꽃만을 믿기 때문에 그는
타오르는 많은 모닥불들을 헤쳐버린다
많은 나비 나방이 덤불 수많은 웅뎅이들이
그의 불꽃의 그림자에 모여 타버린다

그래서 끝내 그는 하나의 벽만을
바라보겠다는 건가 한 번뿐인 그의 탄생이
한 여자의 어둠을 더듬어 껴안아 한순간의
몸짓으로 축축한 자궁의 서까래들을 뒤흔들고
결국 하나의 불씨만을 지키겠다는 건가

안타깝게 한 가지만을 생각함으로
마침내 그의 믿음의 모든 천장들이 스스로
무너져내리는 것은 아닐까

크고 작은 바위들은 제각기
자기 혼자만의 태양을 기르고 있고

보이지 않는 바다들은 쉴새없이
폭풍의 하늘들을 부르고 있다

저녁 물기슭 자기 핏속의 알들을
뿌려놓은 성숙한 물고기들
파헤쳐 뜨거운 습지 속을 파고들어가는
나무뿌리 헤아릴 수 없는 나무뿌리들

단 하나의 불꽃 때문에 그는
살아 움직이는 모든 생명들을 돌아보지 않는다
허지만 그의 하나뿐인 영혼은
단지 하나의 불꽃 땜에 텅 비고
또하나의 벽의 어두움 땜에 되살아나는 걸까

浮浪

내가 돌아다닌 곳은 바다였다 비어 있는 바닥
말라버린 개펄과 불타버린 들의 바다
그 벌판 위 이파리가 하나도 없는
나뭇가지에 나는 내 허물을 벗어 걸었다

바람이 그 허물마저 씻어가버렸다
내가 잠들었던 구덩이마다 깨어
일어나보면 무덤들이 새로 생겨 누워 있고
내 발걸음은 점점 가벼워져갔다

나는 불그레한 공기를 노려본다
삼월 개펄의 슬픔 보이지 않는 노을을 본다
허나 길섶 돌멩이에 맺힌 이슬 위
맴도는 어두움이여 빛이여 나는 침몰해간다

허물어져내리는 산비탈 위 썰물의
바닷가 자갈밭 위에 빈 들판 한가운데

다만 쓸쓸히 머물러 있어도 내 몸은 변함없이
내 집 문간에 서 있는 거지일 뿐 없다 나는 없다

포옹

이 온전치 못한 사랑을 감싸기 위해
우리는 가끔 혁명을 이야기한다 잠든
도시 위로 번져나가는 불길을 노래한다
소리치고 다닌다 알 수 없는 소리들을 소리치며

네 귀에 소근대는 내 혀가 굳어 뻣뻣하고
웃고 있는 네 이마도 메말라 딱딱하고
세종로를 걸어가는 우리들의 발목마저 삐걱삐걱
신음소리를 낸다 가끔 미신의 꽃다발을 산다

떨리는 네 손길을 감당해낼 수 없구나
네 두 눈빛이 빨아들이는 먼지 속 흔들리는
사물들 속에 이따금 내 기쁨이 멎어 숨을 죽이고
가끔은 쓰러져서 거지의 넝마자락에 기댄다

껴안는다 용서할 수조차 없는 모든 것을
등허리 뒤에 서린 공허마저 으스러지도록

썩어가는 대지 위 바람이 일어 흙 속에서
만나 다시 살아난 팔들이 서로 껴안는다

署名

처음 교실에 들어갔을 때
왼손잡이였던 나는
흰 공책의 맨 첫 장에
자신만만하게
ㅓㄱ ㅓㄴ ㅓㄷ ㅓㄹ ㅓㅁ라고 써넣었다
이쁜 여선생이
가는 회초리로 종아리를
때렸다
가나다라라고 쓰라면서
그 뒤부터 나는
진흙을 사랑했고
잿빛 축대 아래 옅은 바닷물 속
불가사리를 두려워했다
저주받았기 때문에 그때
울었다
지금 나는
오래 훈련받은 오른손으로

아주 자연스럽게
아주 정성껏
아주 서투르게
내 이름 두 자를 그려낸다

煉獄 1970

실어내오라 나의 병든 젊음이여
어둠 속에 캐낸 죄악의 응어리들
들것에라도 담아 실어내오너라
번쩍번쩍 빛나는 거짓의 結晶들을

불길한 사연만 생겨나는 곳에
굳이 너는 굴을 팠다
바닥에 이르기까지
자갈과 뻘만 퍼내다 쓰러져버린
목마름 스물다섯 살의 절망이여

나는 그림자
시커먼 바람으로 만들어져
이마가 없다 빛나는 눈알이
없다 소용돌이치는 뇌수가 없다 떨리는
콧구멍 입술 턱뼈만이 있을 뿐
번개에 찢긴 살갗조차 없다

부서진 길모퉁이를 지나간다
이 미치광이들의 도시 커다란 쓰레기통에
끼얹혀진 삶 자고
일어나고 발정하고 싸우고
더러는 죽고 더러는 살아서 악을 쓰는 지옥

수챗구멍을 통해 진창의 하늘들을
짓밟고 지나간다

변소깐에서 새벽노을을 구경한다
먼지 위에 누워 구걸하며
땅 밑의 해골들이 우글거리는 소리를 듣는다
구걸하는 내 자신에게 또 구걸한다
이천 년 전의 기적이여 흰 옷자락이여
나를 못 본 체해다오
나는 벙어리

끝없는 싸움터 속에서 살아남아
지금 밤을 꿰뚫고 가는 살점
비명이다
이제 내게 네 피흘리는 몸을
나타내지 마라
나는 장님이다
타오르는 가시덤불을
부서지는 태양을 볼 수 없다

너는 사막의 의사였던가
골짜기의 사냥꾼이었던가
저승길의 어부였던가
악마 앞에서 너는
그의 시련을 달게 받아들였고
악마의 은총을 또한
기쁘게 받아들였다
악마의 칭찬에 취하여

네 肉身이 사나운 나무기둥에 매달려지는 걸
조용히 내려다보았다
얼마 후 너는 외쳤다
매달린 채
처음으로
저주받은 것을 알고 소리쳤다

숱한 거짓말들을 생겨나게 한
네 달콤한 혓바닥과 부드러운 거동과
걷잡을 수 없는 상상력은
그때
단 하나의 목줄에
매달려 소리쳤다
그래서 곤혹의 유예의 시간에
너는 되살아났다
그때 처음 태어난 것이다
나는 본다 아주 먼 곳에서도

희미하게나마 듣는다
절벽을 마주한 네 참담했던 오만과
그 가여운 열정을
한 줄기 뿌우연 빛살에
너를 빼앗긴 마리아라는 처녀를

미친개조차 짖지 못하는 대낮
여기 紙錢을 움켜쥔 손구락에도
빌딩의 캄캄한 유리창에도
먼지 덮인 가로수 이파리에도
행길가에 뒹구는 돌멩이에조차
피가 묻어 있다
이천 년 전의 폭풍이여 부르짖음이여
이제 또다시
네 참혹한 헛된 꿈을 드러내지 마라

행여 잠들지 마라 나의 어리석은 젊음이여

네 떨고 있는 넋을
숨어 달아나려는 분노들을
맹수의 울 안에 가두어 마침내
억누를 수 없는 실망이 불행이
사랑을 낳고 불을 낳고 불 속에서
가족들이 神性이
다시 사랑이 되어 탄생할 때까지

빛의 海岸

뜨거운 돌들이 갈라진다
피를 빨아들이지 못해서
그러나 납의 바다는 조용하다
기이다란 그림자의 담이
떨어져버린 살점 나를 향해
고함지른다
멈춰 움직이지 말고

한밤중의 나는 그래도 걷는다
타오르는 모래의 눈(眼)들이
내 축축한 눈알을 파먹는다
허나 취해서 부풀은 목구멍으로
젖어 흐르는 공기의 무게를 마시고
눈이 멀어
살아난 손가락들이
살갗으로 터져나오는
잎사귀 잎사귀 들을 더듬는다

진흙의 언덕들이 파도에 부딪쳐
허물어져내린다
물 하늘이 맞닿아 꺼지는 곳에
두엄더미 같은 섬들이 떠다니고
곪고 있는 마을들이 떠 있고
물결들이 서로 희롱한다
재(灰)의 뻘 속에
익사한 배를 둘러싸고
차가운 뜨뜻한 그리고 미지근한 물살들이
동그란 흰 거품들을 뿜어낸다

물방울

너는 돌의 냄새를 아느냐
낡은 벽이 갈라진 틈 속에 쌓여
반짝이는 먼지 알맹이들을 아느냐
어린 넋이여 환상의 그물에 맺혀
오락가락하는 맑고 투명한 넋이여

너를 들여다보며 나는 가난을 느낀다
빛도 그림자도 그늘조차 네게
없는 것을 볼 때 나는
더러워진 내 마음의 얼룩을
붉은 상처와 고통과 풍요를 느낀다

어두움 속에 고인 홍수가 떨리고 있다
살아 기어다니는 게 한갓 어리석음일지라도
오늘 나는 진창 위에 뜨거운 눈물을 떨구느니
오라 시꺼먼 빗방울이여
쏟아져라 소나기 속의 빛이여

喪失

언제나 빗물이 새는 내 두개골이 요란한 네
두 눈빛을 만나 저주의 신음소리를 내고
놀란 처녀의 골반을 뒤쫓아 나는 남쪽으로
내려갔다 항구까지 따라 내려갔다 미친 듯이

서리 내린 논둑길들이 새벽녘으로 도망쳐 달아났다
황량한 사태 나는 황량한 비탈들을 스쳐지나
거푸 식민지의 터널들을 뚫고 지나오며
네 국적 없는 얼굴마저 잃어버렸다

낯익은 부두가 아직 먼지 가운데 살아 있다
비린내 속에서도 네 목소리를 찾아 헤매는 나
언 기름처럼 떠 있는 슬픔의 바다 노을
속에 잠겨 잠자고 있는 잿빛 기선들 크레인들

너는 없었다 만나본 것은 모두 시체들이었다
살기마저 사라져버린 몸뚱이들 더러

번쩍거리는 건 먼지까지도 불타는 먼 나라로
죽이러 가서 반쯤 죽어서 돌아온 병정들의 눈알

소금바람에 젖어 누운 바라크 앞 쓰레기를 모아
태우고 있는 날품팔이 인생들 빨갛게 초겨울을
구멍 뚫는 모닥불 너도 그 불을 쪼이고 있는가
실연했다고 나는 소주를 퍼마셨다

두들겨맞았다 사랑의 못에 걸려 보이지 않던
깃발들이 실밥을 흩날리며 찢어졌다
두터운 잠이 허옇게 비곗살을 내보이며
흩어졌다 이 얼어터져 피맺힌 상판대기처럼

트릿한 의혹 되돌아오며 나는
이 흐리멍덩한 의혹을 잡아찢는다
말 못 하는 내 주둥이를 잡아찢는다
혀뿌리째 튀어나와 비명 지를 때까지

살려줘 내겐 죄가 없다 서울역으로
수챗구멍으로 숨어들어가는 이등객차 속에 내가
앉아 있다 떠나버릴 수도 있었는데 굳어버려
네가 없어져버린 부둣가에 녹슨 닻으로 남아.

밤의 서울

전기불빛의 서울 밤의 거리에서
내가 내 자신의 무덤을 파고 있다
죽음의 물을 퍼낸다 더러
거역하는 돌멩이들도 줏어낸다

번개들마저 쫓겨난 거리 밤의
뜨거운 탯줄은 이미 끊어졌다
시궁창들이 모여 도시계획을 꿈꾼다
찌든 고장 곪는 마을 골짜기
골짜기의 아우성들이
질주하는 자동차에 깔려
뭉개진다 아스팔트가 신음하며 갈라터진다

사금파리처럼 내 심장도 으깨져 부서진다
나날이 발전하는 이 휘황찬란한 수도 한복판에서
깡패처럼 나도 꺼떡거리고 쏘다니고 나뱅이와
함께 죽는다

내 아내와 내 어미들이 죽는다 거기서부터
핏줄들이 탄생한다 거센 역사의
동맥들이 일어선다 불꽃을 저주하는
이 어둠이 불의 씨앗들을 감싸고 있을 동안
생명을 내팽개치는 부르짖음이여
메마른 먼지 속에 피를 뿜어라

그림자의 서울 밤의 거리에서
내가 내 아들들의 무덤을 파고 있다
내 손자들의 무덤까지 파고 있다
죽어 누워 있는 땅 하늘 틈바구니의
소름끼치는 송장더미를 파헤치고 있다

초조

어둡게 빛나는 구름장은
젖은 날개처럼 나를 일으켜세워선
산꼭대기에서 기다리게 한다

낮은 봉우리들이 모두 흩어져
붉은 안개 속에 섬들이 되어
떠올랐다 다시 가라앉을 때까지

빗방울들이 떨어진다
서걱이는 꺼먼 솔가지 솔잎 솔방울 들
남쪽 어느 황톳길가 토방 안에서
핏덩어리가 첫울음을 운다

돌아가라 빨리 먼지 밑으로
쾌락의 굴뚝들이 식어 침몰하는
편집광들의 도시 네 방구석 거울 속으로

어둡게 빛나는 구름장은
돌아내려가는 나를 불러세워
산비탈에서 또 기다리게 한다

여행

그렇게 하여 우리들은 친구들과 길고긴 여행을 떠났다 밤이었고 도시를 떠나는 길은 점점 험해졌다 얼마 가다가 보니 친구라는 허깨비들은 하나하나 증발해버렸다 우리가 잠시 지친 다리를 거두어 자갈이 박힌 발바닥을 살펴보고 있을 때 그들은 어느 틈엔가 다시 나타나 뒷구석에 한데 모여서 우리를 쳐다보고 있었다 겁에 질린 짐승들처럼 뒤룩뒤룩 두 눈알을 굴려가며 허나 누가 보거나 말거나 따르거나 말거나 길고 고된 여행은 수컷으로서 자랑거리였으므로 우리는 가던 발길을 멈추지 않았다 수많은 감옥들이 길 양쪽에 열지어 갈보집처럼 빨건 아가리를 벌리고 있었다 거기서 흘러나오는 더러운 침으로 길바닥이 온통 질펀했다 거대한 흡반처럼 우리 몸뚱이를 통째로 빨아들이려는 감방 문들 그러나 우리들의 굳센 발목은 까딱도 흔들리지 않았다 제 발로 그 속으로 기어들어 갔으면 갔었지 단지 그림자만이 뜯기어 발에 걸린 넝마처럼 너덜거리게 되었을 뿐 시꺼먼 바람 속에서도 젊은 가슴 속은 석탄처럼 불타고 있었고 심장은 금고처럼 튼튼하게 움직였다 길도 묻지 않고 걸어갔다 걸어갔다 쓰러져가는 마을 마른 개울가 갈라터진 논바닥에서도 죽어버린 나무 밑에서도 산비탈 모래바람 속에서도 잠시도 오래 머물지 않았다 여인숙도 주막도 꿈도 없는 여행 그렇게 부지런히 걸어가서 결국 어디에 닿았던가 역마살 붙은 우리 몸뚱이가 섬뜩한 어둠의 벽에 부딪쳤다가 그 속으로 뚫고 들어갔던가 말라버린 바다의 끝까지 가서 은빛의 달을 만져보았던가 거짓말 거짓말 우리는 날아올라갔다 반동강난 반도 위로 공화국 위로 풍선보다 더 가볍게 떠올라 니뽄이 태평양이 아메리카의 징그러운 살이 온통 드러나 보일 때까지 까맣게 까맣게 솟아올라 터져버릴 때까지 날아올라갔다 올라가며 우리는 우리들의 해골들이 오골오골 비명지르며 모여 사는 서울을 내려다보았다 시원섭섭하게 청승맞게 써늘한 기분으로 세계에서 제일 눈부시게 썩어가는 쓰레기 구덩이를 작별했다 거짓말 거짓말 거짓말 거짓의 끝없는 저주받은 여행 우리의 여행은 싸움을 피해 영창을 피해 고문을 피해 죽음을 피해 도망다니는 길 우리는 우리에게서 벌써 멀리멀리 떨어져버려 있는 것이다

아우슈비츠

아득한 풍경을 바라보듯 먼 데 서서
굶어 쓰러지는 사람들을 바라보는 건 너무
쉬운 일이다 눈시울이 뜨겁도록
쳐다보다 등을 돌려 도망하면 그뿐

눈앞에 살아서 정말로 살아 꿈틀거리는
죽음을 마주 본 적이 있는가
네 애인의 눈동자 속에서라도
방금 타죽어가는 생명을 본 적이 있는가
바람 먹은 네 대가리를 진창에 처박고 눈을 떠라

피와 진흙 어둠으로 빚어진 인간의 얼굴
보이는가 그 얼굴이 벌거벗은 넋의 맨 끝까지
떨리게 하는 외침소리 우리 속의 수많은 얼굴들
철조망을 움켜쥔 눈부신 절망의 손가락들이라도

나를 혼자 내버려다오 텅 빈

벌판에라도 버려졌다면 행복했을 것을
눈뜬장님이냐 방랑자냐 나는 나를 비웃지만
그러나 그것마저 엄살일 뿐이다

추수

농사꾼의 밤은 아직 숫처녀다
가을마다 알알이 땀 밴 낟알들이 번들거리는
정미기에 정신없이 빨려들어가서 가마니로
신작로 저편으로 트럭에 실려 훌쩍 사라져도
그는 그의 밤을 전혀 헤쳐보지 않는다

꿈속에까지 그의 노동은 천하다
천하다고 생각되기에 폭양 아래서 아직 천하다
며칠 만에 한여름의 기원을 모두 거둬들이고
올 겨울의 시름까지 한꺼번에 수확한다

보리싹의 푸른 칼날들을 그는 잊어버린다
가뭄 아래 돼지 대가리도 다 잊어버린다
무덤을 기억해낸다
썩어버린 조상 앞에 넙죽 엎드린다
일 년 내내 배곯아온 아이들도 따라 엎드린다

누군가 그의 밤을 파헤쳐 뒤집어라
수백 년 썩어온 무덤들을 쳐서 뭉개버리고
뼛속 깊이 잠자는 피의 쟁깃날들을 끄집어내라
농사꾼의 밤은 아직 숫처녀다
누군가 그의 밤을 들쳐업고 달아나라

회복

스스로를 천재라고 생각하고 있던 나날
병실 밖에는 다섯 개의 해가 빛나고
전쟁터에서 주운 피묻은 꽃은 어느새
훈장으로 변해 가슴에 매달려 있었다
나는 내 죄를 알지 못하는 죄수였다 항상
미친 여자의 잠자리를 그리워하다가
가끔 물과 빛을 동시에 잘라내는
메스 때문에 깨어났다 나는 조그마한
죽음이었다 바람에 부대껴 웅웅거리는
눈부신 창문을 보았다 내 벌건 몸뚱이가
쓰레기처럼 그리로 빠져나가고 있었다
身熱의 나날이 지나가자 녹슬어 구멍 뚫린
철문들이 내게 입을 열기 시작했고
뿌우연 먼지 속 시꺼먼 벽돌담들이
피가 흐르고 있는 속살을 드러내 보여주었다
그 앞에 나는 조그마한 촛불 같은 생명이었다
어느 날 잡초의 뜨락으로 걸어나갔다

이름 모를 풀들이 낯설게 자라나 무서웠다
흔들리는 병동 모퉁이를 기대 돌 무렵
사람들이 군침을 삼키며 돼지를 잡고 있었다
섬뜩한 기쁨에 가득 차 그 비명소리를 들었다
훌훌 처참한 흰 옷을 벗어던졌다
춤추듯이 뛰어다녔다 춤을 출 듯이
허나 赦免을 받았다고는 생각지 않았다

잔인한 꿈

헛된 사랑이 바라보는 모든 아픔들
허물어지고 깨어져 돌무덤이 되어버린 거리
불그레한 새벽 거리 찢어진 기둥들 날아가버린
대문 타다 남은 벽 위 유리창들이 있던 자리
총탄 자국 이제 어둠에 대낮 속의 어둠에
가리어져 이미 보이지 않는 상처들 아픔들
주린 아이들 넋 빠진 노파들의 깊은 눈초리
시꺼먼 구멍들 삶과 죽음 사랑과 미움에
떨리는 손구락들 일렁대라 내 뒤틀린 꿈이여
기름불꽃처럼 그을음을 날리며 잔인하게
군가소리 총검소리 발자국소리
숨통 속에 가득 찬 이 먹물 같은 침묵을 태우며
미친 넋의 꿈 깊이 불붙지 않는 목숨의 찌꺼기
쓰레기와 절망과 우울의 재 잿더미 위의 피

벽

서울 뒷골목의 벽 중앙청의 벽 허물어져야 할
형무소의 기나긴 벽 속에 숨쉬고 있는
끈질긴 세월 식민지의 멍든 자유 휴전선에 깔린
철사의 무게 죽어버린 미래의 뜨락이여
어리석은 젊음 어리디어린 꿈이여 담벼락 속
태양을 껴안으려 또 벽에 부딪치러 가는 몸뚱이들
언 바람 속
젖은 나무들 밝아오지 않는 새벽 희미한 별마저
하나씩 하나씩 지워져버리고 월남에서 쓰러져
돌아온 해골들은 지금 어떻게 썩고 있는가
국립묘지 벌판에는 빗방울이라도 뿌리는가
이 공화국의 두터운 두터운 벽 눈먼 담벼락에
기대어 통곡하고 있는 그림자들이여
두드려라 열릴지도 모르니 저주받은
벽 메아리 없는 기나긴 신음소리 신음소리의 벽

깊은 꿈

꿈의 깊은 수렁
살아 흔들리는 무거운 물살 아래
거칠고 소름끼치고 진저리치는
어두운 살들의 아우성 땀 속으로

그 속으로 나는 대낮의 흰
닻을 내린다 뜬구름
같은 마음 색색 가지 바람들을
그 끝에 붙잡아두려고

꿈의 깊은 늪 쓸쓸한
바닥 밑바닥에서
사랑의 이유들을 주우러 쓸데없이
찾아 헤매는 깊은 꿈

끝장

미치광이 세상 성한 놈들 죄다 미치고
살아 숨쉰다 해도 고작 누우런
게거품이어라 개펄 속에 제가끔
구멍 뚫고 품어내는 거품 게거품

마르고 마른 마음은 눈물마저 닳아
소금끼 하나 안 남고 핏발 곤두서는 핏발
앞서거니 뒤서거니 눈 감긴 채 밀려가는 세월
땅 하늘 어둠조차 짚이지 않아라

개새끼들 개만도 못한 종자들이라 결국
우리 모두 도살장 앞마당에 모인 개새끼들
짖어라 숨 붙어 있을 동안 실컷 짖기라도 해라
뜨거운 햇살 혀 빼물고 쓰러질 때까지

노예

뒤집혀진 흙더미에서
꿈틀거리는 지렁이
굳게 그림자를 누르고 섰는 두 발
그는 일한다
방패처럼 빛나는 잔등
살아 있는 죽음을 잊어버린
팽팽한 힘줄 위에
피에서 배어나온 땀이 솟는다
노한 삽질 아래
금세 물 고이는 웅덩이 속
잘려나가는 자디잔 나무뿌리
썩은 태양을 까부수며
그는 일한다

한낮의 노예 거침없이
곡괭이에 따라 움직이는
팔다리 머리터럭까지 노예

거친 숨소리 땀방울들은 사슬
수많은 밤에 그를 붙잡아매는 사슬
일하고 있는 짐승
이 더러움의 땅 위
더러움을 타지 않는 단 하나의 짐승
그는 일한다
그에겐 한 가지 얼굴밖에 없다
비 바람 먼지에 찌들어
나무껍질처럼 굳어진 살가죽
눈부신 햇살과 뒤범벅이 되어
눈곱과 함께 비져나오는 고향산천

움직인다 그의 순수한 두 손이
한 가지 마음만으로 움직인다
어제도 내일도 지금도 없이
그때그때의 끼니를 벌기 위해
그때그때의 종교를 찾기 위해

흙더미 사이로 톱밥 사이로
쇳가루 사이로 움직인다
지금 막 움직인다 움직이는
모든 걸 쫓아 움직인다
돌멩이는 돌멩이끼리 모여 부딪치고
톱밥도 톱밥끼리 모여 부스럭거리고
쇳가루는 쇳가루끼리
불똥은 불똥끼리 장난하고
반죽은 반죽을 찾아 흘러가고
땀방울은 땀방울끼리 모여
흘러내리고 도망하고

고역의 하루가 끝난다
아이들이 꿈꾸는 신기루 같은 혁명은
그가 전혀 알지 못하는 곳에서만 일어난다
그의 두 발은 밤을 걸어간다
흔들리는 가슴을 이고

단단한 대지 위로 걸어간다
하나의 불꽃을 찾아 불꽃을
움켜쥘 뜨거운 두 손을 찾아
잠자고 있는 죽음들을 디뎌 깨우며
걸어간다 걸어간다 걸어간다

벽

네 가는 길을 가로막는 담벼락
앞에 멈춰서서 너는
어쩔 것이냐 다만 숨죽여 흐느끼며
오줌을 쌀 뿐이다
술 취한 오줌을 갈길 뿐이다
메마른 지평선 멀리 부황뜬 바다 너머
커다란 구멍 속으로
꺼져들어가는 저녁 햇살
신기루 같은 아득한 불길이여
어느 누구에겐 얼음바람을 막아
포근히 싸안아주는 벽이
누구에게 눈부신 하늘을 가리울 뿐
누구에겐 피비린내나는 감옥이 되어버린다
술집 등불 밑 굼실거리는 머저리들 구데기들아
토해내듯 뱉어내는 너희들 온갖 불평불만이
뭉쳐 뭉쳐 모두
딴딴히 뭉쳐 폭탄이 될 수는 없는가

휴전선보다 더 두터운 이 지하실의 벽
어둠의 벽 침묵의 공포의 가위눌림의 벽
한꺼번에 모두 터뜨려 부숴버려 깡그리
날려버릴 수는 없을까
이 소돔성 속 우리 모두가 살아 있는 것이 아니니
길바닥에 쓰러져 죽은 놈은 오히려 행복하리라

녹슨 門

습기가 가득 찬 오후
타는 듯이 녹슨 철문 앞을 지나갔다
내 안의 아무 뜻도 없이
내 그림자는 그 문의 참담한 위엄에 눌려
나를 구석으로 몰고 갔다

축축한 바람 속 뻘겋게 녹슨 철문
몸서리치며 쓰레기통을 뒤지는 아이
그 앞에서 나는
단지 피와 점액의 젤리였다
온순한 눈길로 나는 저주했다

소리쳤다 목소리 안쪽에서 있는 힘을 다해
죽어 잠자던 상처들이 모두
되살아나서 함께 소리쳤다.
흔들어라 네 영혼의 鍾을 모두 흔들어
그 문의 침묵을 깨뜨려라

뻘겋게 녹슬어 있는 철문 앞
미친 듯이 녹아흐르는 공기
열아홉 살의 죽음
핏자국

蘇生

한 여인의 힘으로 살았노라
하루에도 몇 번씩 죽었다 되살아났다
기쁨 슬픔도 없이 시름으로 살았노라

바람 가운데 피어 붉게 피어나는 하얀 꽃들
서서 내 두 발바닥에 기대어 일어서서
돌 박힌 고개들을 겨워 넘겠노라

웬 별들이 이렇게 많이 떨어졌느냐
걸어 이승 저승이 골짜기를 걷노라
짚세기 감발마저 앗긴 채 넘어 걷노라
끝도 밑도 없어 걷노라 걸어 걸어 걷노라

불어라 거센 바람 녹두바람아 불어라

別賦

네 그늘진 얼굴이 돌아서며
빛나고 나는 떠나 이제
벌판 가운데를 걸어가야 한다
봄은 이미 저 앞에까지 와 있는 듯하지만
겨우내 마른 풀들이 바람에 일어
흙빛으로 나를 반긴다
살아가는 짓이 이런 것이냐
빈 가슴은 또 가벼워져 금방
울음이 새어나올 것 같고
다시 한번 네 모습이 보인다.

새벽

서울 변두리 저 벌판에서
밤새 우는 바람
중앙청의 온갖 영화로움을 휩쓸고도
잠든 내 몸뚱이에까지 와
부딪친다
남루처럼 비린내처럼 뜨겁게
들러붙는다 번영하는 이
공화국 잔인한 쾌락에 지쳐버린
혈기 나의 모든 것
숨어 있는 나 나의 나
더러운 잠
땀
기름때
게으름의 피
내 전부를 싸안는다
불태우고 텅 비운다 한마디
말도 안 남고 허물마저 스러지고

빈 몸으로 나도
떠나야 한다 뒷전에 서서
애태우는 사랑이 없어도
이제 갈 길은 너무 막막하구나
숨죽어 있는 새벽 뜨거운
바람 불어 소리없이 세차게 불어오고
잠깬 새 한 마리 날아 어둠과 맞부딪친다.

驛前

해질녘 초라한 부끄러움 따위를
감추고 돌아가는 나를 갑자기
낯선 바람들이 에워싸고 말을 건넨다
이름 없는 아우성들 나지막하게 다그친다
보이지 않던 싸움터의 바람
병든 아이들 허연 울음소리 같은 바람
청계천 시궁창에서 스며나온 구린 바람
동작동 허공에서 맴돌던 한맺힌 바람
깊은 궁궐 푸른 지붕을 덮고 회오리치던
썩은 바람 땅 밑에서 펄럭이는 불의 바람
숱한 바람들이 한사코 말을 건넨다
여태 살아서 무얼 했느냐
내 발길은 갈피를 못 잡아
염천교 다리 위에서 서성댄다
여기 살아 떠는 것들이 왜 이렇게 생생하냐
컴컴한 다리 아래 녹슨 화차들이 뺄겋고
어디서 웬 새들이 몰려와

걸레조각처럼 떠다닌다

친구에게

가난도 설움도 역겨워 떠나고 비에 젖은
뒷골목도 다 말라 스러져버리고 이제
남은 건 빚뿐 반생을 놀면서 더부살이한 죄
술 취해 집에 가는 얼굴들만 남아 부끄럽다

돌아가는 몸들은 다 알겯듯 죄를 짖는가
조선 바닥 아득히 굶어 죽는 소리 외침소리
들려오고 부끄러운 마음들 쪼개져 부서지고
부서진 자리에서 피가 흐르고 소리가 멎는다

맹세한다 낮은 바람소리에까지 맹세한다
우리 헐벗은 두 발 옮겨 디딜 곳조차 없지만
일어서자 쓰러지면 또 일어서자 내가 선
자리에마다 성난 불꽃이 되어 일어서자

떠나는 이에게

어릴 때 동무가 고향을 찾으러
내 곁에서 떠나간다 여태 한 번
지나가본 적도 없다는 어느 시골 구석
피맺힌 자갈밭들을 땀으로 일궈

검푸른 강물 같은 농사지으러 간다
초라했지만 푸근했던 십 년 우정
어둠침침한 방을 나와 깜깜한 벌판으로
좁다란 울타리를 박차고 나간다

가서 부디 잘해라 여기 남아
행여 부끄럽지 않도록 애쓰겠으니
굳은 약속의 말 내내 살아
햇빛 보는 날 함께 기다리며

예감

온종일 사람들이 바깥에서 움직인다
수돗가에 모여 떨고 있는 아낙네들
찬 바람 먼지 속에서
피땀 흘리며 일하는 사내들
붉은 저녁 해가 멈춰 움직이지 않는다
골목 어귀에 아이들이 서 있다
만화책도 안 보고 강아지하고도
놀지 않고 몰려서서 구경한다
아랫동네 대장간 속 땅땅
잘려나가는 빨갛게 단 쇳조각도
이젠 아무 재미가 없다
찌그러든 조그만 얼굴들
까만 얼굴들이 일제히 빛난다
술 취해 비틀거리는 사내들
악을 쓰고 울부짖는 부모들을 본다
내일은 어떻게 될지 몰라도
지금 아이들 빤히 쳐다보는

그 놀지 않는 아이들이 무섭다
한 움큼씩 피를 움켜쥐고 설마
지옥을 훔쳐보는 것 같아 무섭다

영등포 길

누우런 연기 내뿜는 굴뚝들이 보인다
오랜만에 친구 찾아가는 길
갑자기 옛날 생각이 난다
사변통 폭격 맞아 뼈대만 남은
피흘리는 커단 짐승 같은 벽돌건물
하얗게 찢어진 하늘들이 떠오른다
저 자동차 수리공장 뒤켠 시궁창 위
방금까지 있었던 것 같은 돌무덤들
떼지어 사람들이 죽어가던 자리
그 옆을 지금 내가 지나간다
먼지투성이 바람 한길로 몰아닥쳐
눈을 뜰 수 없구나 이제 머릿속에
웅웅거리는 머릿속에
바람이 지나간 뒤에도 남는 것
꼭 가야 할 곳에 대한 그리움뿐
늦겨울 영등포 길은 너무 쓸쓸해
오늘 거기 닿는다 한들

누구 하나 있을 것 같지 않고 내일
모레 그러다가 엄두조차 못 낼 것 같아
친구 만나 소주나 한잔 마실까
가자 기운을 내 어서 가자
타오르는 빨갛게 타오르는
바람 한가운데를 구멍 뚫는 모닥불

다리

는개 철철 내리는 밤 한강 다리
악을 쓰는 자동차 행렬에 쫓기듯
웅크린 채 떠밀려가는 사내
용산역 대합실도 지나버렸고 이제
갈 곳이 없다 텅 빈
뱃속 어지러운 머리
어디 잠재울 구석이 없나
한 많은 청춘 더럽게 날렸다
좋다고 서울 와서 있는 힘
없는 자랑 죄다 빼앗기고
땀내나는 그림자마저
전기불빛에 먹혔다
간다 누데기뿐인 몸뚱이 하나
갈가리 찢긴 가슴을 안고
아무 소리 않고 다리 위를 간다
비칠비칠 뻘건 살덩어리 걸어간다
사내야 앞도 안 보고 가는 사내야

내일 또다시 이 길로 돌아올 거냐
네 뒤에 부끄러이 가는 나는
함부로 말붙일 수도 없다
다리 아래 함께 건너는 이 다리 아래
시꺼먼 물 도도히 떠내려가고
물귀신떼처럼 서울이 비쳐 보인다.

소문

고함을 치려는 뻘건 아가리 속에
머리가 터져 비명지르려는 입 안에
커다란 어둠이 틀어박힌다
젖은 솜뭉치처럼 물린다 깨물어도
부서지지 않는 돌덩이 같은 어둠
부서진 이빨 틈으로 신음소리가
새어나온다 어디선가
하수도에서 새어나오는 비명소리
생명이 빠져나가는 소리가 들린다
희미하게 외마디 소리들이 들린다
소리들이 모여 움직인다
살아서 공중을 날아다닌다 부황뜬
공기 속에 기름방울처럼 떠다닌다
사람마다 얼굴에 목덜미에 닿아 묻는다
손등에도 귓가에도 묻어 번진다
모두 일제히 벙어리가 되어
말을 않는다 침묵이 깔린다

웅웅거리는 파리떼마저
죽어 있는 도시
연탄가스처럼 자욱하게 깔린 침묵
길고긴 담도 조용하다
침묵의 시위
침묵의 바리케이드
침묵의 어설픈 상판대기들
이따금 바람이 불어
흙먼지가 일고 큰길 가운데로
병정들이 지나간다
트럭들이 지나간다
한 도시에 깜깜한 소문이 가득 찼다
영문을 알 수 없는 소리들이 가득 찼다
그런데 아주 조용하다
노한 눈알들만 빛난다

사월 십구일

어린 싹들이 다투어 돋아나느라
온통 들끓는 봄 노오란
개나리 피우는 바람결에 불어와
가슴마다 뜻 모를 구멍
하나씩 파놓고 지나가는 구름

사월 십구일이 또 돌아왔다
해마다 잊혀지고 얼룩이 져도
아직 낯설진 않은 얼굴
그래도 웃으며 찾아왔다
옛날 폭풍을 불러왔던 용사들
무덤 속에 갇혀 잠자던

뜨거운 넋들 하나씩 둘씩
아지랑이와 함께 일어나
하잘데없는 우리를 만나러 왔다
나무도 풀도 개미도 하늘도

모두 무사한 이 날씨에
반가운 소식이라도 전해줄 듯이

모여라 나가자
그날 젊은 핏발들은 곤두서
불을 일으켰다
두 눈 무섭게 부릅뜨고
썩은 담벼락을 밀어제꼈다
피와 눈물 연기 돌멩이
뒤범벅되어 자욱했던 길바닥
와 아우성들이 몰려가던 거리

이젠 흔적도 없이 사라지고
새봄이 왔다 시름시름
굳은 꽃망울들을 앓게 하는 햇살
벌판 위에 허물어진 집터 위에
들뜬 계집 같은 바람이 분다

노래

저 불티떼 몰려가는 여울
어두운 골짜기로 가고 싶구나
가고 싶구나 일터에 나온 사람들
이름 없는 이들이 한데 모여
제각기 얼굴 빛내며 노래하는 곳
마루턱 세찬 바람에 깜박
심지 짧은 불꽃 꺼져버릴 때
숨기고 싶은 이내 부끄럼
가자 훤히 동터오는 네거리로

여름

종일 답답하게 흐린 하늘
남쪽 길 따라 떠나고 싶다
가뭄 든 고향에라도 가고 싶다
살가죽 태우는 뙤약볕 아래
식은 땀 다시 펄펄 끓이러
지금 건너 등성이 보리밭들은 모두
베어져 더운 바람만 쓸려 지나갈 테고
비탈 아래 마른 개천 자리
다시 시퍼렇게 우거졌을 칡넝쿨
더러운 서울 거리를 벗어나서
어디로는 못 가겠느냐
갈보 같은 이내 신세
어둔 뒷골목에 웅크리고 앉아
피맺힌 꿈을 씹는다

외침

무엇을 보고 소리지르나
벼랑을 향해
시꺼먼 하늘을 굴러가는 불덩어리
막막한 벌판 시들어 누운 풀포기
누구를 보고 울부짖는가
착한 생명들 모두
짐승의 독한 발톱 아래 짓밟히고
저마다 뼈아픈 눈물 감추는 걸까
먼지 자욱한 거리
힘없이 처진 어깨들 한데 엉켜
땅거미 속에 숲을 이루고
그 뒤에서 다시 타오르는 노을
몸 팔러 서성이는 앳된 눈동자
매맞으며 끌려다니는 피멍든 몸뚱이
왜 모두들 입다물고 있을까
왜 어두운 숲은 한 번 술렁대지도 않는가
태양은 왜 벼랑에 떨어지면서

혼자 외치는가
어디에 숨은 가슴속마다
불을 지르려고
끝내 스스로를 폭파시키는가

마을

여러 갈래로 길이 나 있다 벌써 여러 해째 가뭄이 머무르고 있는 고장 아무도 훌쩍 먼 곳으로 떠나버리지 못한다 텅텅 빈 마른 공기는 공기가 죄다 빠져버린 것 같고 알 수 없는 비명소리가 가득 찬 것도 같다 웬 짐승들이 또 죽어가나보다 드문드문 길섶에 꽃이 피어도 도무지 피어 있는 게 아니므로 꽃이 아니다 벌레들도 벌레다웁지 않고 나무들도 나무 같지가 않고 산등성이도 산등성이처럼 보이지 않는다 태양은 먼지투성인 채 돌밭 위를 굴러다닌다 구름과 뒤섞여 곪아터지려고 하는 노을 빈 터 한가운데 묘비처럼 우물이 하나 있다 속을 들여다보니 모래가 하얗게 썩고 있다 가난한 이들은 그래도 이곳을 우리 마을이라 부른다 고달파서 잠든 것 같은 육신들 살았어도 도무지 산 것 같지 않은 그림자들이

초판 해설

최민의 시세계 — 출발과 동행

유종호(문학평론가)

개정판 해설

열린 절망의 고전주의와 닫힌 희망의 낭만주의
— 최민 시집 『상실』 복간에 부쳐

김정환(시인)

| 초판 해설 |

최민의 시세계
—출발과 동행

유종호(문학평론가)

장기를 두려는 사람들은 장기 속의 졸병들이 결코 뒷걸음질쳐서는 안 된다는 약속을 승인하고 들어간다. 이 암묵의 약속이 이를테면 장기의 규칙을 이루고 있는 셈인데 차마(車馬)의 자유로운 행보와 비교할 때 늘 임전무퇴의 군령으로 희생되게 마련인 졸병의 처지에 부당함을 느낀다 하더라도 이 인도적 감정은 장기놀이의 세계에선 별 구실을 할 수 없다. 사람살이의 많은 영역에서 이러한 약속이나 묵계가 자리잡고 사람살이를 혹은 규제하고 혹은 질서 있게 방향지어준다. 장기놀이와 같은 지평에서 얘기될 수 없고 그 의미와 자리가 비교될 수 없으리만큼 푸짐하고 높은 시의 세계에서도 이러한 약속과 묵계가 있게 마련이다. 작시법이라고 알려져 있는 갖가지 규칙이 그것이지만, 그런 것 말고도 시대와 장소에 따라서 묵계의 내용은 달라진다.

가령 자연시라고 편의상 묶어서 얘기할 수 있는 한 무더기의 시들에 있어서 자연은 인간에게 극히 정다운 친화적인 대상으로 나타난다. 산과 하늘과 수석(水石)이 스승이 되어서 지혜를 가르쳐주고 왜소하고 무지한 인간들을 꾸짖고 나무란다. 독자 편에서는 이렇게 친화적으로 파악되고 처리된 서정적 자연이나 풍경에 대해 이의를 달지 않는다. 때로 무서운 반인간적인 폭력이 되어서 포효하는 자연은 이 세계에서 제외되는 것이 마땅한 것으로 된다. 어찌하여 인간을 믿는 것보다 자연을 믿는 것이 지혜롭고 무구한 것이 되는가, 이러한 의문도 제외된다. 혹은 이러한 자연에의 믿음이나 사사(師事)가 자연에 대한 인간의 공동체적 강압인 농업경영을 눈감아주도록 자연을 쓰다듬어주는 풍요제식과 어떠한 관련이 있는지를 물어보는 것도 부질없는 짓이 된다. 혹은 우리는 시속의 노래꾼이 걸핏하면 눈물을 흘리고 우는 감상의 묵계를 지적할 수도 있다. 반드시 시인 자신이라고만 할 수 없는 '나' 라고 하는 노래꾼이 깊은 까닭도 없이 눈물을 흘릴 때 독자들은 그 까닭을 깊이 캐묻지 않고 그냥 눈물을 존중해서 승인해준다. 이 감상의 묵계에 의해서 시인은 스스로를 속이고 독자들은 시인의 자기 기만을 지지해준다. 이러한 암묵의 묵계가 많으면 많을수록 시는 삶과의 활발한 교역을 줄이고 자꾸만 좁아져가는 영역에 스스로를 가두어두게 된다. 이때 좁은 영역에 짙게 쌓여가는 것은 시적 허위일 뿐이다.

한동안 우리 현대시의 공간을 크게 차지하고 있던 시적 허위의 하나는 인간 상호간의 경험 교환 가능성에 대한 회의와 부정의 묵계였다. 감상주의자의 자기 기만을 인정해주듯이 인간 경험의 전달 가능성의 회의를 전달한다는 역설을 교환하는 데 시인들과 소수 독자들이 동의했던 것이다. 이러한 역설적 교환의 바탕을 이루고 있는 것은 스노비즘과 엇갈려 있는 문화적 선민의식이었다. 오페라 구경을 간 유한계층의 관객이 계속되는 인위적 고통의 지속에서 음악의 감흥이 아니라 극기의 훈련의 계기를 찾았듯이 예술의 수용도 반드시 '예술적'인 것만의 향유로 그치지 않는다. 비슷한 사정은 위에 말한 시적 허위의 경우에도 해당된다.

우리가 지금 읽으려고 하는 젊은 시인 최민에 관해서 확인할 수 있는 것은 그가 시적 허위의 전제가 되는 널리 퍼진 독자들과의 몇몇 묵계를 파기하고 있다는 점이다. 그것은 적어도 시가 바로 여기 오늘의 삶에 대한 거짓 노래가 되어서는 안 되겠다는 것이고, 몇 사람들만의 고개의 끄덕임을 촉발하는 혼잣말이 되어서도 안 되겠다는 것이라고 바꾸어 말할 수가 있다.

최민의 첫 시집 『상실』에서 발견하게 되는 것은 그가 자아의 탐구에서 출발하고 있다는 사실이다. 초기의 그는 '나'를 에워싸고 키워주고 물들이면서 있는 바깥쪽보다도 '나' 자신의 문제에 외곬로 골몰한다.

길바닥에 주저앉아 우는 아이는
어디서 그 울음을 보상받을까
나는 모른다
내 귀청에는 울리지 않는 시끄런 고함들이
공기를 가득 채우고 있는 것도 나는
모른다

(……)

나는 다 알고 있다
다 알고 있다
어떻게 흙이 패어들어가고
바람이 왜 더러워지는가도 알고 있다
나 자신의 것 이외엔 모두
알고 있다

—「나는 모른다」 중에서

위에 적은 구절은 제1연과 제5연을 뽑은 것인데 식언적(食言的)인 역설을 통해서 드러나 있는 것은 세상 이치의 많은 것을 알지 못하지만 사실 그것은 '나' 라는 큰 수수께끼에 비하면 즉 "스스로의 낯설음"(「拜火」)에 비하면 아무래도 좋다는 생각이다. 시인은 울음 우는 아이에 결코 무심한 것은 아니지만 '나' 의 문제에 사로잡혀 있어 울음의 내력이나 귀추에 관심을 쏟을 겨를이 없다. 시인의 생각을 온통 사로잡고 있는 '나' 는 어떻게 파악되고 있는가? 그것은 자기가 고독한 존재라는 파악이다. "겨울 거제도의 거무튀튀한 개펄/귀신같이 바람 부는 저녁바다/나는 혼자였다"(「첫 수업」)는 일곱 살 어린이의 자기 발견은 '나' 에 관한 원초적 체험을 이루고 있다. 혼자인 '나' 는 어떻게 스스로 서 있는 자리에 반응하고 있는가 하는 점이 궁금해지는데 삶과의 교역이 매우 우호적이 아니라는 것이 이내 분명해진다. 주위 현실을 가리킨다고 보이는 문맥 속에 보잘것없고 수모받아 마땅한 벌레나 짐승의 이미지가 자주 동원되는 것이 우리의 주목을 끈다.

지금 살아
움실거리는 구데기들을 반대한다
황금의 죽통에 대가리들을
처박고 자기 새끼를 근심하듯

역사를 근심하는 돼지들을
반대한다

—「저녁식사중의 확인」 중에서

쥐새끼들이 대낮에 쥐새끼들을 공격하고
문제점이 大路에서 문제점을 가로지른다
(……)
밀정들이 득실거리는 거리에
플래카드가 세월에 가담하고

—「立身」 중에서

구데기와 돼지와 쥐새끼 혹은 개라는 하등동물의 이미지로 일괄처리되고 있는 현실은 다시 "보이지 않는 벽의 두께"(「求愛」)란 이미지로 중첩되어서 파악되는데 시인은 자연히 여기서 갈등을 느낀다. 자기의 설 자리와 사람살이의 방향을 어떻게 잡느냐는 것이 그 계기를 이룬다. 「立身」은 이런 마음의 갈등을 비교적 명쾌하게 노래하고 있다.

음양의 이치도 알지 못하면서
허무의 그림자를 말타고 있는 나

스물다섯 지나선 무얼 할 건가
(……)

출세가두에 서서 발돋움하고
금빛 가파른 언덕을 겨눠보며
숨쉬고 있다 허나
숨구멍들이 숨쉬는 나를
허덕이게 한다
우러러 우러라 새여
내 진창의 하늘이 빛난다

—「立身」 중에서

위와 같은 갈등과 방황은 확고한 자아를 형성하는 도상(途上)에서 젊은이들을 괴롭히고 있는 보편적인 주제이다. 젊음의 특징은 어린이와 성숙한 어른 사이의 일종의 유예기간으로 파악될 수 있겠는데 이때 어린이로서 습득한 도덕률과 어른들이 발전시킨 윤리 사이에서 갈등을 느끼게 마련이다. 동시에 소아적 자기 중심의 세계를 벗어나서 세계가 기대하는 역할을 의식하면서 자기의 '아이덴티티'를 설정하려 모색하게 된다. "벌써 스무 살인데 불후의 것을 아직도 마련치 못했구나." 한 독일 낭만주의자의 전형적인 젊음의 탄식은 그러므로 아직 찾지 못한 자기 아이덴티티에의 탄식이라고도 볼 수 있다. 『상실』의 초기 시편에서 되풀이되어 나타나는 '나'에의 집착과 현실 모멸과 부랑에의 충동은 자기 아이덴티티의 모색과정에서 퉁겨나오는 젊음의 갈등이고 이 점은 낭만주의자의 내면 편력을 강력하게 상기시켜준다. 하등동물의 이미지로 파악된 현실에서 '출발' '부랑' '유행'의 모티프가 반복되어 나타나는 것은 그러므로 우연이 아니다.

단호한 햇살이 내 등을 떠다민다
깊은 골짜기는 두 번 다시 나를 부르지 않으리라
뒤를 돌아다볼 수조차 없다 벌써

—「출발」 중에서

여행과 모험은 일상적 현실에 대한 낭만적 형태의 저항이고 가장 젊은이다운 삶의 소비의 방법이다. "참다운 나그네는 그저 떠나기 위해서 항구를 떠나는 사람"이라는 보들레르의 구절은 그 목적의 불명확한 무상성으로 해서 '부랑'이란 청춘양식의 핵심을 찌르고 있다. 한편 랭보나 T. E. 로렌스의 그것이 극명하게 보여주듯이 사회와의 오만스러운 관계 단절이 모험의 핵심을 이루고 있다. 최민의 출발과 여행도 떠나기 위한 떠남과 하등동물적 사회현실에서의 이탈이 한 계기를 이루고 있다.

떠나기 위해 여행을 하고 잊어버리려고 연애를
하지만 내 목마름의 창문이 항상 불타고 있다.
—「바람」 중에서

"그러나 나는 피를 흘리며 죽지는/않으리라 다만 쓸쓸한 벌판 위 앙상한/나뭇가지에 허리가 걸려 조용히 머무를 뿐"인 '바람'이 자주 노래되는 것도 바람이 다름아닌 영원의 부랑자이기 때문이다. 그러나 그는 곧 여행과 출발이 사실은 사회로부터의 도망이 아니냐는 생각에 이르게 된다. "우리의 여행은 싸움을 피해 영창을 피해 고문을 피해 죽음을 피해 도망다니는 길 우리는 우리에게서 벌써 멀리멀리 떨어져버려 있는 것이다".(「여행」) 여행이 사회로부터의 도망이면서 동시에 그것이 자기 상실에 이른다는 것을 느끼면서 시인은 심한 부끄러움을 느낀다.

바람 먹은 네 대가리를 진창에 처박고 눈을 떠라

(……)

나를 혼자 내버려다오 텅 빈
벌판에라도 버려졌다면 행복했을 것을
눈뜬장님이냐 방랑자냐 나는 나를 비웃지만
그러나 그것마저 엄살일 뿐이다

—「아우슈비츠」 중에서

젊음의 회의와 방랑도 결국 "바람 먹은 대가리"의 작위이며, 도망이란 자기 비판도 결국은 엄살이지 않겠느냐는 술회에서 시인의 냉엄한 자기 해부는 극에 이른다. "스스로를 천재라고 생각하고 있던 나날"에서의 회복을 노래하고 있는 「회복」 「蘇生」 등은 스스로의 '부랑'을 병이라고 정의함으로써 낭만적 우울에서 졸업하는 역정(歷程)을 노래한 것이라고 볼 수 있다. 「추수」 「벽」 「노예」 「끝장」 「밤의 서울」 「잔인한 꿈」 등 일련의 작품에서 시인은 '나'의 문제보다 내가 발붙이고 살아가는 현실에 대해 관심을 기울인다.

누군가 그의 밤을 파헤쳐 뒤집어라
수백 년 썩어온 무덤들을 쳐서 뭉개버리고
뼛속 깊이 잠자는 피의 쟁깃날들을 끄집어내라
농사꾼의 밤은 아직 숫처녀다
누군가 그의 밤을 들쳐업고 달아나라

—「추수」 중에서

그림자의 서울 밤의 거리에서
내가 내 아들들의 무덤을 파고 있다
내 손자들의 무덤까지 파고 있다

—「밤의 서울」 중에서

최근에 씌어진 작품에서 사회현실에 대한 관심은 더 고조되는 듯이 보이는데 떠남과 출발의 모티프는 초기 시에서처럼 여전하다. 다만 출발이나 떠남은 옛날처럼 외로운 젊은 넋의 독행(獨行)이 아니고 동반자를 전제하고 있으며 따라서 동행에의 권유나 친구의 추종이란 면이 두드러져 나타난다. 여행도 그저 떠나기 위해서 떠나보는 순수여행이거나 "놀란 처녀의 골반을 뒤쫓아 나는 남쪽으로/내려갔다 항구까지 따라 내려갔다 미친 듯이"(「喪失」)란 사춘(思春)여행이 아니고 어떤 공동의 여망을 향한 여행이다.

꼭 가야 할 곳에 대한 그리움뿐
늦겨울 영등포 길은 너무 쓸쓸해
오늘 거기 닿는다 한들
누구 하나 있을 것 같지 않고 내일

모레 그러다가 엄두조차 못 낼 것 같아

친구 만나 소주나 한잔 마실까

가자 기운을 내 어서 가자

—「영등포 길」 중에서

사내야 앞도 안 보고 가는 사내야

내일 또다시 이 길로 돌아올 거냐

네 뒤에 부끄러이 가는 나는

함부로 말붙일 수도 없다

—「다리」 중에서

저 불티떼 몰려가는 여울

어두운 골짜기로 가고 싶구나

가고 싶구나 일터에 나온 사람들

이름 없는 이들이 한데 모여

제각기 얼굴 빛내며 노래하는 곳

마루턱 세찬 바람에 깜박

심지 짧은 불꽃 꺼져버릴 때

숨기고 싶은 이내 부끄럼

가자 훤히 동터오는 네거리로

—「노래」 전문

젊은 영혼의 자기 집착이 두드러졌던 초기 시편에 비해서 최근의 작품들은 훨씬 정다운 말씨와 가까운 이미지로 구성되어 있다. 전자가 보다 폐쇄적이고 배타적인 개인의 사투리로 노래된 세계임에 반해서 후자는 이웃이나 친구와 말씨를 터놓은 세계이다. 그러나 경험의 특수화에 주력한 듯이 보이나 그만큼 전체적인 호소력에 있어서 허약한 구석을 가지고 있는 전자에 비해서 개인적 경험을 보편적인 말씨나 이미지로 전환시키는 데 성공한 듯이 보이는 후자의 작품세계에는 시적 긴장의 최대의 적인 스테레오타입이란 복병이 곳곳에 숨어 있음을 간과할 수 없다. 「煉獄 1970」의 제4연, 「끝장」의 제1연, 「벽」「친구에게」와 같은 작품을 우리는 그 보기로 제시할 수 있을 것이다. 시인도 결국은 그의 최상의 작품에 의해서 정의되는 것 이상으로 최악의 구절에 의해서 정의된다는 사실을 등한히 할 수 없을 것이다.

시인의 생애를 뒤져서 작품에 대한 꼬투리나 단서를 찾아내어 죄목을 뒤집어씌우는 형사적 접근방법과는 관계없이 우리는 이 시집을 통해서 최민이란 한 정직한 시인의 정신의 자서(自敍)를 엮어낼 수 있다. 그것은 그저 떠나고 싶어서 떠나보는 여행의 도상에서 참다운 여행이란 한 가지뿐이며 그것은 인간으로의 여행이며 회귀라는 것을 깨닫게 된 것이라고 집약될 수 있는 젊은 넋의 자서(自敍)이다. 혼자 가는 길은 결코 "훤히 동터오는 네거리"로 통할 수 없으며 출발은 필연적으로 복수(複數)의 그것만이 의미 있는 것이라는 것도 중요한 경험으로 제시되어 있다.

젊은 날의 방랑을 병이라고 규정하고 그 낭만적 허위를 졸업한 이 시인에게서 우리는 예언자의 도포자락의 펄럭임을 기다리지 않는다. 언어가 온갖 허위와 거짓의 근거로서만 존재하는 듯이 보이는 오늘 이 터전에서 언어에게 진실을 회복시켜주는 공동의 노력 속에서 그의 재능의 한몫이 빛나기를 기대한다. 시인의 창조적 과업이란 결국 이 언어의 기능 회복을 위한 노력과 같은 말이 될 것이다.

| 개정판 해설 |

열린 절망의 고전주의와 닫힌 희망의 낭만주의
—최민 시집 『상실』 복간에 부쳐

김정환(시인)

그대 눈 속 깊이 타는 불
아주 조그만 꽃이파리 하나
뒤틀리며 불꽃이 되는 아픔 같은
숨어버린 넋의 안쓰러움
스스로를 사랑하기에는 거칠고
그대 껴안아 바라보기는 외로워라

십구 년 만에 복간되는 시집 『상실』 축하글을 쓰려는 지금, 처음 읽는 것도 아니고, 오래간만에 읽는 것도 아닌데, 그 동안 간간이 읽고 그때마다 감동했는데도, 모두 작품 「序詩」 앞에서 내가 불안한 이유는 무엇인가. 이 시가 구현하는 완벽한 조화 앞에서, 흔들리는 것은 무엇인가. 내가 이 시를 처음 읽은 것은 『상실』 초판(민음사)이 나온 1975년(이때 나는 '집회 및 시위에 관한 법률' 위반 혐의로 복역중이었다) 이전, 『부랑』(월간문학사)이 나온 1972년 이후일 것이 분명하다. 나는 1972년 대학에 입학했고, 그전에 내가 읽은 시 작품은 교과서에 나온 것, 그리고 엉뚱한 장사 목적의 월북 시인 것밖에 없었다. 『부랑』은 목차를 말미에 붙이고 각 작품마다 모두 게재 잡지와 연도를 밝혔는데, 맨 앞 「序詩」와 맨 뒤 「蘇生」은 그것이 없지만 1975년 판을 보면 모두 1972년 작이다. 『상실』은 『부랑』에다 열다섯 편을 추가해서 펴냈으며, 「序詩」를 보면 5행 '자기 자신을'을 '스스로를'로 순화, '거칠고'와의 대비를 더욱 도드라지게 했다.

'불'과 '꽃', '뒤틀리며'와 '숨어버린', '안쓰러움'과 '거칠고'와 '외로워라'의 시간적 대비와, '껴안아 바라보기'의 공간적 '대비=겹침'이 이루는 완벽한 내용의 형식적 조화 앞에서 흔들리는 것은, 그렇다면, 세월인가, 「序詩」 이후의 세월인가? 내게 「序詩」의 완벽한 조화는, 균열과 파경 직전의, 거울의 그것 같다. 불안한, 불안할수록 감동이 치열한, 치열할수록 불안이 운명적인 파경 직전 완벽의 거울 혹은 '완벽=거울'. 그렇다면, 흔들리는 것은, 「序詩」 이후 한국 현대시문학사인가?

최민 이전 김수영은 절망을 '노래'했지만, '노래'의 흐름은 시간의, 미래의 개선을 열망하는 것이었다. 고전주의는 절망과 보수주의의 소산이되 감정 내용을 능가하는 형식의 '완벽=깊이'로 열리며, 낭만주의는 희망과 진보주의의 소산이되 내용의 '정치 과잉=얕음'으로 닫혀버린다. 예술의 낭만주의가 정치의 (보수가 아니라) 반동으로 전화하는 대목이다. 고전이 낭만주의 내용과 고전주의 형식의 길항 자체를 '내용=형식'화한 것이라면, 김수영의 몇몇 작품은 현대 이후 고전에 달한다. 서정주 「동천」은, 감각 잔치와 풍류 인생관의 절묘한 결합인, 그래서 고전적인 대부분의 대표작과 달리, 감정을 물화한다.

> 내 마음속 우리 님의 고운 눈썹을 즈믄밤의 꿈으로 맑게 씻어서 하늘에다 옮기어 심어놨더니 동지섣달 날으는 매서운 새가 그걸 알고 시늉하며 비끼어 가네

'~해서, ~했더니, ~하네'의 전통적인 시간 순서는 김수영의 '노래=흐름'과 달리, 미래로 연결되지 않고 오히려 눈썹, 하늘, 동지섣달, 비끼어 가는 새 등을 하나의 공간 속으로 배치시킨다. 즉, 공간화하고 회화화한다. 이 작품은, 현대 이전 고전에 달한다. 최민의 「序詩」는 정확히, 서정주와 김수영 중간에 있으며, '노래=흐름'의 개선을 기대하지 않고, 감정

과 고전적 품격의 결합을 '현대 이후' 수준으로 끌어올린다. 하지만 이때 그는 젊었고, 시대는 불의했고, 그는 시대의 양심을 지녔고, '진보'와 '혁명'의 낭만주의적 열정이, 정치의 진보주의와 문학의 낭만주의가 범람할 시대가 오고 있었다. 그것이 천박을 부를 불안한, 불길한, 그러나 불가피한 예감이, 왔다. 낭만시대에 양심으로 응답하면서 자기 문학에 고유한, 고전적 품격 욕망을 지키거나, 보다 심화하기 위해 최민이 택한 '소재적 방법'은 우선 자기 부정이다. 「序詩」에 곧장 이어지는 「나의 彫刻」은 "흐린 땅 위의 나무 그림자"에 비해서조차 "나는 없다"고 선언하며, 이 부정은 아주 강력해서, 존재라는 아주 거추장스러운 풍자조차 형식화한다.

갑자기
동상에 걸린 발구락들이
내 보이지 않는 존재를
가렵게
끌어당긴다 나는
나의 무게를 갖는다
발구락 새를 비비면서
내 소유를 확인하고
비로소 내가 아닌 나를 깎기 시작한다

곧바로 이어지는 「나는 모른다」는 '나는 없다'의 사회화지만, '모른다'는 사회성뿐 아니라, 형식성도 치열하게 만든다.

길바닥에 주저앉아 우는 아이는
어디서 그 울음을 보상받을까
나는 모른다
내 귀청에는 울리지 않는 시끄런 고함들이
공기를 가득 채우고 있는 것도 나는
모른다

간혹 먼 데서
비린내나는 개울음 소리가 들려온다
그때
무언가 잡아 비틀고 싶어
스스로의 힘에
내 팔뚝이 경련해도 나는 그 이유를
알지 못한다

내 온몸에선 썩은 피냄새가 난다
나는 맡지 못한다
여러 갈래의 내 시선은

움직이는 모든 걸 좇아 뿔뿔이
달아난다
나는 모른다

낭만적이면서 고전적인, 낭만적일수록 고전적인 경지가 더 나아갈 수 있을까, 아니 계속 유지될 수 있을까? 과연, 위기가 온다.

내 고아의 아들들은 한길 가운데
젖은 사금파리처럼 으깨져버리고
내 평화의 지붕엔 희끗희끗
별이 엿보인다 언제나
나는 모른다 비열하게도
나는 모른다

하지만, "비열하게도"를 시인의 사회적 자기 반성으로, 마침내 사회성 속으로 항복한 것으로 보는 것은, 단순해서 편하겠으나, 초점을 벗어난다. 시는

나는 다 알고 있다
다 알고 있다

어떻게 흙이 패어들어가고
바람이 왜 더러워지는가도 알고 있다
나 자신의 것 이외엔 모두
알고 있다

로 가까스로 중심을 잡은 후 마지막 두 연,

내 처녀의 딸들은 골목 어귀에서
비의 그림자를 만나 깔깔 웃는다
습기찬 벽 아래 내 두 눈알은
이 빠진 술잔 속에
빠져 부서진다

잔치의 높은 언덕에선 여전히
늙지도 죽지도 않는 개들이 짖는다
나는 모른다 정말 모른다
내 무지 속에 섞여 있는
순진함조차 나는 모른다

로 편파 혹은 당파성을 수습한다. '나는 모른다'의 아이러니가 예술에 달한 매우 희귀한 사례다. 그는 자신의 목표와 위치와 특성과 자리를 아주 잘 알고 있다. 하여, 「광대」는 거추장스러운 풍자를 넘어 '풍자=거추장' 자체를 형식화한, 아니 광대에 대한 비판조차 형식화한 걸작이다.

그 메마른 입술은 누구라도
칭찬하고 싶어 실룩거린다
절뚝거리던 다리는 기쁨에 놀라
기묘한 인형처럼 멈칫한다
그의 마음은 영화처럼 펼쳐진다
주인을 보았기 때문이다

배고픈 개들이 짖는다
단 하나의 뼈다귀를 냄새 맡고
불을 두려워하듯 두려워하며
뜨거운 혓바닥을 슬쩍 내어민다
그림자의 무덤들 사이 사락사락
기름진 꽃들이 자라난다

포식하여 그는 마침내
눈부신 빛 속으로
찬사의 여울을 거슬러올라간다

부두가 나온다 많은
하늘들이 열려져 있다
허나 그의 눈은 멀어 있다

고전적 문학에서 절망의 형식화는, 희망의 전망으로 된다. 「광대」는 김수영이 죽은 이듬해 1969년 씌어졌고, 김수영을 훌쩍 뛰어넘었다.

이때 최민은 문학적으로 가장 행복했던 듯하다. 「비의 房」은 형식화가 아니라 미술화에 그쳤고, 「저녁식사중의 확인」은 첫 연 "반대한다/내 두개골이 내 얼굴을 밀어내듯/거울 속에서 나는/반대한다"가 강렬하지만 「나는 모른다」의 치열한 '균형의 깊이'에 달하지 못한다. 「拜火」가 낭만주의적 판타지라면 「立身」은 낭만주의적 현실관이다.

약관 스물다섯에 나는 쩔쩔맨다
활주로같이 내 앞에 트인 이 길은
말라 있거나 젖어 있거나
죽음 저편에 닿아 있음이 분명하지만
내 벌건 두 발목은 지금
철책 밖으로 삐져나와 흔들거린다

낭만주의 인생관은, 허무(의 그림자를 말타고 있는 나)와 자조("죽은 놈의 이름이나 팔아먹고"), 혼란스러운 무차별 (자아)비판("쥐새끼들이 대낮에 쥐새끼들을 공격하고/문제점이 大路에서 문제점을 가로지른다")으로 내리닫다가 "숨구멍들이 숨쉬는 나를/허덕이게 한다"의 숨가쁜, 안간힘의 형식성 추구를 거쳐, "우러라 우러라 새여/내 진창의 하늘이 빛난다"의 애매모호한 서정적 구호로 끝난다. 앞 세대 신동엽과 달리 모더니즘의 세례를 충분히 받고 육화한 그지만, (그의, 혹은 나의) 예상대로 그의 양심적 현실감각은 낭만주의를 불러일으키고, 이어지는 「求愛」「환멸」「成年의 봄」「埋立」「출발」「바람」은 같은 현상의 변주이자, 악화다.

이렇게, 이런 상태로, 이어지는가? 그런 느낌이 들 무렵 그러나, 정확하게, 의도적으로 준비된 깜짝파티 혹은 이정표처럼, 혹은 회심의 일격처럼, 「첫 수업」이 있다. 전문이다.

일곱 살 때 나는
가마니 속의 죽음을 보았다 지푸라기에
스며 있는 피 머리끝에서
잉잉대는 증오의 노래를 들었다

한겨울 피난학교 천막교실

줄지어 김 나는 우유죽을 기다릴 때
하늘 꼭대기에서
흰 새떼들처럼
삐라들이 떨어져내렸다

몹시 배가 고팠지만
굶어 죽는 짐승은 꿈속에서도 만나보지 못했다
사변 전 나는
사과상자 속에 숨은 왕자였고
열다섯 살 먹은 식모애가 내 아내였다
그러다가 죽음이 파편조각이 되어
손바닥 위에 놓여 있는 걸 보았다

섬의 추수가 끝났어도
소풍갈 데가 없었다 누우런 들판 사방에
허리 굽혀 이삭 줍는 그림자들이 깔려 있었다
새벽마다 또 애기를 밴 어머니는 동생을 업은 채
예배당에서 숨이 차서 돌아오고
나는 아버지의 얼굴을 쳐다보지 않았다

개펄을 바라보았다

겨울 거제도의 거무튀튀한 개펄
귀신같이 바람 부는 저녁바다
나는 혼자였다

이것은, 가난과 전쟁의 추억을 형상화한 것으로, 얼핏 그 숱한 추억시 중 빼어난 작품 정도로 보이지만, 사실은 시간의 거리가 폭넓은 낭만적 내용의 형식화를 허용한다는 것을 보여주는 매우 드문 사례로 기록될 만하다. 여기서 추억은, 추억조차 형식이다. 「喪失」은 '너는 없었다'가 시의 흐름을 주도하는 초혼이자 고리고, 「浮浪」은 '나는 없다'로 끝난다. 「喪失」과 「浮浪」 모두 이제까지 이야기한 최민 시문학의 장점과 단점을 고루 갖고 있는데, 시집 제목이 '부랑'에서 '상실'로 바뀐 것은 '상실' 자체를 형식화하려는 의도 때문이었을 것이다.

작년, 그러니까 『상실』 이후 장장 삼십 년의 침묵을 깨고 그가 펴낸 시집 『어느 날 꿈에』에 발문 겸 해설을 붙이며 나는, 특히 「추수」를 인용하면서 이렇게 썼었다.

대학생 때 읽은 그의 시집 『상실』은 실핏줄보다 섬세한 불안의 모더니티와 민중성 직전의 바닥 정서가 절묘하게 어우러진 세계를 펼쳐 보이고 있거니와, 80년대 소위 민중시들이 민중성 '때문에' 오히려 '불안의 모더니티'를 잃는 상황 속에서 최민 시집 『상실』은, 비어 있으므로 더욱(『상실』은 곧 불온서적으로 분류되었고 도서목록에서 사라졌다. 『상실』을 상실당한 상처 때문에 최민이 오랫동안 시를 쓰지 않았을 거라는 추측은 정당하다) '없음'을 선명하게 드러내는 전범 노릇을 해주었던 것이다.

그러나 나는 지금 대학생이 아니고, 그의 시집을 느끼며 내가 느끼는 불길한 불안은 그때의 불안이 아니다. 우선, 현대문학사는 『상실』을 상실당했지만, 스스로 상실을 강제하기도 했다. 최민 또한, 『상실』을 상실당했지만 스스로 상실을 택하기도 했다. 80년대, 그리고 그후의 시문학은 생태시든, 모던한 시든 포스트모던한 시든, 엽기시든, 낭만주의와 고전주의를 구분-결합하기는커녕 분리했고, 심지어 흔히 혼동했고, 아주 드물게만 고전에 달했다. 최민 시집 『상실』의 복간으로 현대문학사의 빠진 이빨 하나를 다시 심을 수는 있어도, 완전히 뜯어고치기는 쉽지 않을 것이다. 그것은 이미 저질러졌고, 대단하게 저질러졌다. 하지만, 시집 『상실』은 부단히 그 저질러진 문학의 방향을 교정해야 한다고, 했어야 한다고, 조용히, 그러나 치열한 문학성으로, 절규로 속삭이고, 속삭임으로 절규할 것이다. 「序詩」가 불안하고, 불길해 보였던 이유다.

상실

초판인쇄 | 2006년 12월 10일
초판발행 | 2006년 12월 20일

지 은 이 | 최 민
펴 낸 이 | 강병선
책임편집 | 조연주 고경화
펴 낸 곳 | (주)문학동네
출판등록 | 1993년 10월 22일 제406-2003-000045호

주 소 | 413-756 경기도 파주시 교하읍 문발리 파주출판도시 513-8
전자우편 | editor@munhak.com
전화번호 | 031) 955-8888
팩 스 | 031) 955-8855

ISBN 89-546-0254-1 02810

* 이 도서의 국립중앙도서관 출판시도서목록(CIP)은
e-CIP 홈페이지(http://www.nl.go.kr/cip.php)에서 이용하실 수 있습니다.
(CIP제어번호: CIP2006002550)

www.munhak.com

문학동네 시집

김남주 옛 마을을 지나며

김영현 남해엽서

박 철 새의 全部

하종오 쥐똥나무 울타리

김형수 빗방울에 대한 추억

서 림 伊西國으로 들어가다

염명순 꿈을 불어로 꾼 날은 슬프다

이동순 꿈에 오신 그대

안찬수 아름다운 지옥

박주택 방랑은 얼마나 아픈 휴식인가

신동호 저물 무렵

손진은 눈먼 새를 다른 세상으로 풀어놓다

유강희 불태운 시집

최영철 야성은 빛나다

문복주 우주로의 초대

권오표 여수일지(麗水日誌)

하종오 사물의 운명

주종환 어느 도시 거주자의 몰락

오세영 아메리카 시편

이윤학 나를 위해 울어주는 버드나무

이재무 시간의 그물

윤 효 게임 테이블

고재종 앞강도 야위는 이 그리움

이명찬 아주 오래된 동네

정우영 마른 것들은 제 속으로 젖는다

함명춘 빛을 찾아나선 나뭇가지

심호택 미주리의 봄

하종오 님

김시천 마침내 그리운 하늘에 별이 될 때까지

이산하 천둥 같은 그리움으로

서동욱 랭보가 시쓰기를 그만둔 날

마종하 활주로가 있는 밤

김명리 적멸의 즐거움

김익두 서릿길

박이도 을숙도에 가면 보금자리가 있을까

정영선 장미라는 이름의 돌멩이를 가지고 있다

윤희상 고인돌과 함께 놀았다

최갑수 단 한 번의 사랑

이윤림 생일

양정자 가장 쓸쓸한 일

박 찬 먼지 속 이슬

서 림 세상의 가시를 더듬다

윤의섭 천국의 난민

박 철 영진설비 돈 갖다 주기

김철식 내 기억의 청동숲

박몽구 개리 카를 들으며

김영무 가상현실

양선희 그 인연에 울다

조창환 피보다 붉은 오후

김영남 모슬포 사랑

윤제림 사랑을 놓치다

강연호 세상의 모든 뿌리는 젖어 있다

한영옥 비천한 빠름이여

이희중 참 오래 쓴 가위

이순현 내 몸이 유적이다